L'IMPRIMERIE,

POEME.

Par M. Gillet.

A PARIS,

DE L'IMPRIMERIE DE P. G. LE MERCIER, rue Saint Jacques, au Livre d'Or.

M. D. CC. LXV.

AVEC APPROBATION ET PERMISSION.

A MONSIEUR

DE SARTINE,

CHEVALIER, CONSEILLER DU ROI en ſes Conſeils, Maître des Requêtes Ordinaire de ſon Hôtel, Lieutenant Général de Police de la Ville, Prévôté & Vicomté de Paris.

ONSIEUR,

Le Tableau d'un Art, auſſi beau dans ſon méchaniſme, qu'il eſt étendu dans ſes effets, ne peut paroître dans un tems plus

propice, que celui où Vous dirigez ses opérations. Les faveurs que Vous répandez sur les travaux de l'Imprimerie, excitent la reconnoissance de ceux qui l'exercent sous vos yeux. Ce sentiment est dans mon cœur; il m'engage à Vous offrir, MONSIEUR, ce premier essai de ma plume. Daignez l'honorer d'un regard favorable. Le motif qui m'anime, me fait espérer votre bienveillance, & votre suffrage m'assure de celui du Public.

Je suis avec un profond respect,

MONSIEUR,

Votre très-humble &
très-obéissant Serviteur
J. B. G. GILLET.

AVERTISSEMENT.

L'Imprimerie, cet Art ſi avantageux à l'aggrandiſſement & à la gloire des Lettres, a été le ſujet de deux petits Poëmes Latins. Les deux Auteurs, en célébrant cette illuſtre profeſſion, où ils ont un rang diſtingué, ont pris chacun pour objet principal un des deux points ſous lesquels elle ſe préſente avec éclat. M. Thibouſt le pere a traité d'une manière aſſez ample ſa manœuvre induſtrieuſe qui eſt d'une ſi grande utilité; M. Hériſſant Jeune s'étend ſur ſon origine, ſes progrès, & ſur les Hommes célébres qui y ont excellé. La lecture de ces deux Poëmes m'a fait naître l'idée de les raſſembler en un ſeul, & de compoſer celui-ci. Cette belle & riche invention mériteroit d'être chantée par une voix plus élevée. La force & les graces de la Poëſie ne pourroient être plus avantageuſement prodiguées qu'à cet Art. Il ſait lui procurer ces agrémens extérieurs qui flatent les yeux, tandis que ſa cadence harmonieuſe ſatisfait l'oreille & l'eſprit. J'ai tenté l'entrepriſe, ou, pour mieux m'exprimer, j'ai ouvert une carrière où d'autres, plus exercés, pourront recueillir une abondante moiſſon. J'ai profité des lumières que les deux Poëtes Latins m'ont fournies. Le méchanisme étant en général assez peu susceptible de ces images riantes de la Poësie, je me suis contenté d'en tracer une légère esquisse ; & je me suis étendu dans les notes, autant qu'ont pu le permettre les bornes que je me suis prescrites. Ce tableau, quoiqu'inférieur à son objet, renferme un double avantage. Le premier est de remettre sous les yeux dans une courte lecture les principaux traits de cet Art qui nous procure des avantages aussi réels qu'agréables. Le second, de présenter en peu de mots à ceux qui l'exercent, les modèles sur lesquels ils doivent diriger leurs travaux, & jetter les fondemens de leur réputation. Quelle analogie en effet, quelle connexité entre le Savant qui enfante, & l'Imprimeur qui fait vivre à jamais ses heureuses productions ! Cette seule considération fait la gloire du Typographe, & doit l'animer à se perfectionner.

L'IMPRIMERIE,

L'IMPRIMERIE,

POEME.

JE laiſſe aux ſons hardis d'une Muſe guerrière
A chanter les combats, la valeur meurtrière
De ces Héros fougueux, dont le bras redouté
Dans les pleurs, dans le ſang plonge l'humanité.
D'un ton ſimple & léger, ma Muſe pacifique,
Epriſe d'un beau feu pour l'Art typographique [1],
Veut chanter ſa naiſſance & ſes traits enchanteurs;
Veut peindre ſes effets de naïves couleurs.
Dirigé ſon pinceau, viens, Puiſſante Minerve;
Anime en ſa faveur une naiſſante verve;
Il y va de ta gloire, échauffe ſes accens;
Cet Art eſt ton ouvrage, il te vaut notre encens.

Sous le regne innocent de la divine Aſtrée,
Par l'Homme vertueux la Juſtice adorée,

[1] Typographique, en latin *Typographicus, a, um*, adjectif dérivé du terme *Typographia*, Typographie ou Imprimerie. Il tire ſon étymologie du nom grec Τύπος, *Signum*, *Figura*, Signe, Marque, Caractère, & du verbe γράφειν, *Pingere*, *Scribere*, peindre, écrire.

Resserroit tous les cœurs d'un tendre & doux lien,
Dans de chastes desirs renfermoit le vrai bien :
Et soumis à la voix de l'aimable Sagesse,
L'esprit voyoit ses jours filés par l'allégresse.
Un soleil sans nuage, un ciel toujours serain
D'ineffables douceurs combloit le genre humain.
Son paisible repos craignoit peu la tempête;
Et le tonnerre en vain éclatoit sur sa tête.
Au chant du rossignol il mêloit ses accords,
Pour ses plaisirs la terre épuisoit ses trésors.
Funeste aveuglement ! L'Homme ingrat & perfide
Se hait dans son semblable, & devient suicide.
Il méconnoit la main d'où partent ces bienfaits;
Des charmes imposteurs attirent ses souhaits.
Un trouble dévorant, une jalouse envie
De leur venin fatal empoisonnent sa vie;
Des viles passions les cris tumultueux
Remplissent de son cœur les replis tortueux.
Jusques-là renfermés au centre de la terre,
Paroissent tout-à-coup & le meurtre & la guerre;
Le crime, déployant sa force & ses fureurs,
Ne fait de l'univers qu'un théâtre d'horreurs.
Déplorant des Mortels la noire indifférence,
S'envole vers les Cieux cette éternelle Essence,
Dont les secours puissans, dont l'active bonté
Avoit daigné sur eux répandre la clarté.
Elle fuit à l'aspect de l'affreux précipice
Qui s'ouvre sous leurs pas, & que creuse le vice.
Mais en vain; jusqu'aux pieds de l'Etre Créateur,
Ses regards inquiets trahissent sa douleur.

Elle plaint & chérit la race criminelle,
Dont les nombreux forfaits la font éloigner d'elle.

» L'Homme, dit-elle, l'Homme eſt-il donc ſans retour ?
» Sans fruit auroit-il fait ma joie & mon amour ?
» Cet Homme, jusqu'ici mes plus chères délices,
» Le verrai-je à l'erreur offrir ſes ſacrifices ?
» Sauvons-le, il en eſt tems : oublions ſes mépris;
» Sous des appas vainqueurs captivons les eſprits :
» De l'eſprit jusqu'au cœur il n'eſt qu'un pas à faire.
» L'Homme eſt né curieux : il faut le ſatisfaire.
» Que ce penchant l'entraîne à l'amour des vertus.
» Allons ; n'exhalons pas des regrets ſuperflus.
» Formons-nous par nos ſoins des partiſans fidéles :
» A ce monde pervers offrons-les pour modéles.
» D'un invincible attrait parant la nouveauté,
» Montrons ſous ſes dehors l'auguſte Vérité.

C'eſt ainſi que parla la céleſte Sageſſe :
Elle écoute, elle ſuit la voix de ſa tendreſſe.
Malgré la profondeur du cahos ténébreux,
Elle vole au devant de l'Homme malheureux,
Sous un voile emprunté lui tend un bras propice ;
Pour ramener ſes pas, recourt à l'artifice ;
Tourne au bien de ſon cœur ſa folle vanité,
Et flatant ſon orgueil, chaſſe l'obſcurité.

Aux bords de l'Orient, ſur ces fertiles rives,
Où le Nil, promenant ſes ondes fugitives,
Par l'art des Habitans, voit ſerpenter ſes eaux
Sur un terrein coupé d'innombrables canaux,

Un Peuple fortuné, ſur ſa terre chérie,
Voit d'un ciſeau [2] parlant la brillante induſtrie.
On ſculpte la penſée & les événemens;
Le bronze figuré ſe change en monumens.
Avançant par degrés, bientôt une étincelle
De ce feu toujours pur, dont brule l'Immortelle,
Vient s'emparer des ſens d'un Mortel ſtudieux.
S'élevant au-deſſus de ce gouffre odieux,
Où l'Homme croupiſſoit ſans eſpoir de culture,
A l'Univers ſurpris il donne l'Ecriture [3].

[2] L'Hiſtoire nous donne les Egyptiens pour le premier peuple qui fit uſage des Hiéroglyphes. C'étoit une manière de graver ſur la pierre, ſur le marbre & les métaux employés dans les monumens certaines figures qui inſtruiſoient la poſtérité des événemens qui y avoient donné lieu. Les bords du Nil & les environs de Memphis, aujourd'hui le Caire, en offrent encore aux yeux du Voyageur curieux des veſtiges & des témoignages authentiques. Pluſieurs de ces monumens ſont poſtérieurs à l'invention de l'Ecriture. On ne s'en ſervit d'abord que pour enſeigner les Myſtères & tout ce qui avoit rapport à la Religion, ne ſignifiant autre choſe que *Sculpture ſacrée*. Le terme Hiéroglyphe eſt composé de deux mots grecs, ἱερὸς, *Sacer*, Sacré, & γλύφω, *Sculpo*, je ſculpte.

[3] L'Ecriture eſt certainement l'invention la plus utile & la plus glorieuſe à l'eſprit humain. Qu'y a-t'il en effet de comparable à

Cet Art ingénieux
De peindre la parole, & de parler aux yeux;
Et par les traits divers de figures tracées,
Donner de la couleur & du corps aux penſées.

Brebeuf.

L'opinion la plus commune eſt qu'un Secrétaire d'un des premiers Rois d'Egypte, appellé Thoït, Thoot ou Thot, conçut le premier l'idée de l'Ecriture. Auparavant les hommes, pour ſe communiquer leurs penſées par un autre moyen que par celui de la voix, étoient obligés d'avoir recours à la peinture. Ils repréſentoient groſſiérement, & ſouvent même d'une manière ambigue, les objets qui avoient le plus d'analogie avec leurs idées. Quelle longueur, quel labyrinthe! L'ingénieux Thot voyant que le discours,

Sous des ſignes tracés il peint le ſentiment,
Il excite le cœur, le met en mouvement.
A l'aide d'un ſtilet [4] il forme un caractère,
Et ſa main de la voix remplit le miniſtère.
Son ame ſe transmet par l'organe des yeux,
Il inſpire, il anime un deſir curieux.
Jour à jamais célébre ! éclatante merveille !
L'Homme aſſoupi s'agite : il voit, il ſe réveille.

Cet être, jusqu'alors au crime abandonné,
Ne connoiſſant pour bien que ſon bras effréné,
Rougit de cet état, où la brute ignorance
Le réduit dès l'inſtant de ſa triſte naiſſance.
Vers des Dieux oubliés il leve un œil tremblant:
Au bien, qu'il apperçoit, il court en chancelant.
Sa raiſon ſe dévoile, & reprend ſon empire
Sur ſes ſens engourdis dans un cruel délire.
D'une douce morale il écoute la voix,
De la vertu bannie il reconnoit les loix.
Honteux, il veut ſortir de ce dur eſclavage;
Il rappelle à ſon cœur les beaux jours de cet âge;
Où l'innocence pure, à l'abri des erreurs,
Sous ſes pas aſſurés voyoit naître les fleurs.

quel qu'il ſoit, n'étoit qu'un composé d'un petit nombre de modulations des ſons de la voix, tenta de les repréſenter, en attachant à chaque ſon un caractère figuratif, & de produire par une combinaiſon bornée un effet qui demandoit une étendue immenſe dans l'Ecriture repréſentative.

[4] Il y a eu différentes manières d'écrire : on s'eſt ſervi de la peau de plusieurs eſpéces d'animaux, d'écorces d'arbres, de tablettes enduites de cire, & d'autres moyens, dont on conſerve encore de précieux reſtes dans quelques Bibliothéques, tant publiques que particulières.

Il gémit à l'aſpect de ſa misère extrême :
Son néant l'épouvante ; il s'abhorre lui-même.
L'Olympe s'attendrit ; un Ecrit répandu
Fait renaître un eſpoir qui paroiſſoit perdu.
Et ſon ame, & ſon cœur ſavourent ces maximes,
Germe heureux des vertus, fléau puiſſant des crimes.
D'un ſecours mutuel connoiſſant les beſoins,
On voit l'Homme pour l'Homme employer tous ſes ſoins.
De ſon fragile état craignant la décadence,
Il oppoſe des loix la ferme réſiſtance:
Il s'aſſemble en un corps : il bâtit des cités :
Sur la pierre & l'airain les devoirs ſont ſculptés.
Il réduit ſous le joug la nature groſſière;
Et l'Homme, moins aveugle, entrevoit la lumiére.
Sur ce vaſte Univers ſe leve un jour plus beau :
L'ombre fuit & s'éclipſe : il n'eſt plus de bandeau.
Le Monarque, jaloux d'illuſtrer ſa mémoire,
Dans le bonheur des ſiens fait conſiſter ſa gloire;
Loin du ſang, du carnage, en ſon propre palais,
Des travaux de l'eſprit [5], qu'il amaſſe à grands frais,
Il ſe fait pour lui-même un fonds inépuiſable ;
S'ouvre des vrais plaiſirs la ſource intariſſable :
Aux hommages forcés il préfère le cœur,
Et le titre de Pere au titre de Vainqueur.

[5] On déſigne ici la fameuſe Bibliothéque de Ptolomée : ce Prince donna le premier un exemple qui fut heureuſement ſuivi par différens Souverains. Guidés par le deſir de s'inſtruire, ils ont préféré le titre glorieux de Protecteurs des Sciences & des Arts, à cet amas faſtueux de titres qu'une crainte ſervile arrachoit de la bouche des eſclaves ſoumis à ces premiers Deſpotes, enorgueillis & enyvrés de leur propre grandeur. Quelle différence entre ces tems & le nôtre !

Le Sujet, moins féroce, abandonne les armes,
Et trouve dans l'étude un objet plein de charmes;
Le fer change en ſes mains, & le terrible acier
Venge l'honneur, les loix, punit le meurtrier.
Tout prend un nouvel être, une forme nouvelle;
On cherche la ſcience; on s'empreſſe vers elle.
Le Savant eſt déja regardé comme un Dieu:
L'encens [6] en ſon honneur ſe brule en plus d'un lieu.

Ainſi l'on vit transmettre aux Humains d'âge en âge,
De talens précieux un fécond aſſemblage.
Par un ſavoir commun les cœurs bientôt unis,
Contre l'illuſion ſont auſſitôt munis:
Un peuple va chez l'autre; un commerce agréable
Leve contre l'erreur un rempart redoutable.
L'amour & l'harmonie en forment le lien:
Les eſprits cultivés en fondent le ſoutien.

La Déeſſe elle-même admire ſon ouvrage,
S'applaudit du ſuccès; & perçant le nuage
Qui la dérobe aux yeux des timides Humains,
Deſcend du haut des Cieux au pays des Germains.
Elle entre dans Mayence [7], & voit d'un œil tranquile
Le fruit de ſes travaux chez un peuple docile.

[6] *Mercure*, *Eſculape* chez les Grecs & les Romains; *Zoroaſtre*, chez pluſieurs peuples de l'Aſie; *Confucius*, même encore aujourd'hui à la Chine, ſe ſont fait diviniſer par leur ſcience. L'épithéte de *Divin* que l'on donne à *Platon*, témoigne aſſez le cas que l'on faiſoit des Savans au milieu des peuples reconnus pour ignorans & barbares.

[7] On ſait que ce ne fut que vers le milieu du quinziéme ſiécle que l'Imprimerie prit naiſſance. Mais les Savans ne ſont pas trop d'accord ſur le lieu, ni ſur la perſonne à qui l'on eſt redevable d'une ſi belle invention. *Harlem*,

Un ſage Souverain fait reſpecter les loix :
Dans l'ame du Sujet l'amour fixe ſes droits :
Pour le bien général tout s'anime & s'accorde ;
Tout annonce en ces lieux la paix & la concorde.

« Enfin, grace à mes ſoins, aujourd'hui les Mortels
» Connoiſſent la vertu, lui dreſſent des autels.
» Les Arts ſont en vigueur ; la Science honorée
» Met cet âge au-deſſus du beau ſiécle de Rhée [8].
» Par un dernier effort aiguiſons les talens :
» Pour jamais étayons ces eſſais chancelans.
» Les Barbares du Nord, inondant cet Empire,
» Ont noyé dans le ſang le deſir de s'inſtruire [9].
» Oppoſons une digue à l'aveugle fureur,
» Aux ravages affreux d'un Peuple deſtructeur.
» Ces Ecrits, enfantés en Gréce, en Italie,
» Ne craindront plus du feu l'implacable furie.
» Un moyen me ſuffit pour les multiplier :
» Si jusques à ce jour j'ai pris ſoin d'allier
» La force des raiſons & les graces du ſtile :
» Si j'ai conduit Homère, Héſiode, Virgile,

Strasbourg & *Mayence* ſe diſputent l'honneur de l'avoir vu naître dans l'enceinte de leurs murs. Le plus grand nombre penche pour Mayence.

[8] *Rhée*, femme de Saturne ; c'eſt l'âge d'or, ſi vanté dans la Fable.

[9] Les irruptions continuelles des Goths & des autres peuples voiſins ont été très-préjudiciables à l'accroiſſement des Lettres. Combien de belles & riches productions ont été perdues dans ces tems d'horreurs, & où il falloit tant d'années, de peines & de frais pour apprendre quelque choſe & faire quelque collection. Les veilles laborieuſes de quelques Moines nous ont conſervé un nombre de ces monumens antiques de la force & de l'élévation du génie chez les Grecs & les Romains.

» Cicéron, Démosthène, & le Divin Platon,
» Platon, que je formai pour exemple & leçon;
» Que leur voix retentisse, & que l'Europe entière
» Contemple en leurs Ecrits ma céleste lumière.

Elle dit: au milieu des ombres de la nuit
Un Savant se présente en un simple réduit:
(L'étude rarement s'unit à la richesse;
C'est un fardeau pesant, qui la gêne & la blesse.)
Les meubles recherchés, qui frapent les regards,
Sont des monceaux chéris de volumes épars.
Accablé sous le poids d'une longue lecture,
Son œil cede au sommeil, qu'exige la nature.
C'est au milieu des Arts qu'il cueille ses pavots:
Qu'il est doux de jouir d'un semblable repos!

Par un souffle divin, dans une douce ivresse,
Son ame est transportée aux rives du Permesse:
Sur ses bords enchantés un palais somptueux
Donne un accès facile, & s'ouvre à tous les vœux.
L'ingénieux emblême éclate sur la pierre.
Archiméde au cylindre inscrivant une sphère;
L'altière Astronomie, un compas à la main,
Mesurant du soleil l'intervalle certain;
La Sculpture, à son choix, tirant du tronc d'un arbre,
Ou d'un métal grossier, ou d'un rustique marbre,
Ces chefs-d'œuvres nombreux, dont les attraits vainqueurs
Nous peignent la nature aux yeux & dans les cœurs;
Le Goût embellissant la noble Architecture
Du coloris frapant de la riche Peinture;

Tout annonce la Main qui commande en ces lieux.
Avec avidité, ſes regards curieux
Parcourent les objets qu'offre cette retraite;
Il en grave en lui-même une image parfaite.
Interdit, il héſite : il cede aux mouvemens
Qu'un ſpectacle flateur imprime ſur ſes ſens ;
Et marchant à la voix de ce Dieu qui le guide,
Vers le ſacré parvis il porte un pas timide.
De la Divinité l'abord affectueux
Ranime de ſon cœur l'effroi reſpectueux.
» Ici, dit-elle, ici la Sageſſe profonde
» Te prépare un flambeau pour éclairer le monde.
» De cet Art ignoré contemple les reſſorts;
» Aux Humains étonnés va porter ſes tréſors.
Frapé de l'appareil de la Typographie,
Il en voit les beautés & la rare induſtrie.
Sous de mobiles corps, artiſtement placés,
De ſes premières loix les préceptes tracés
Sont à ſes yeux confus montrés par la Déeſſe;
Et de ſes doigts divins l'incomparable adreſſe
Etale au même inſtant mille tableaux pareils.
Dans un tems nébuleux, l'aſpect de deux Soleils [10]

[10] C'eſt ce que l'on nomme *Parélie.* Ce phénomène eſt un effet naturel, réſultant de la poſition du ſoleil par rapport à la nue qui nous renvoye ſa lumière, & de la poſition de l'œil du ſpectateur par rapport à l'un & à l'autre. Les rayons de l'aſtre du jour étant rompus en traverſant les molécules aqueuſes qui forment le nuage, nous ſont réfléchis ſous différens angles, ſuivant le plus ou le moins d'éloignement du corps lumineux & du corps qui tranſmet ſa lumière par la réfraction. Cet effet, ainſi que les cométes, a été long-tems pour des Nations entiéres, & eſt encore aujourd'hui aux yeux d'un vulgaire ſtupide & ignorant, un ſujet de préſage & de ſuperſtition.

Cause moins de terreur au milieu des campagnes,
Au champêtre Habitant des arides montagnes,
Qui, dans ce simple jeu de la réfraction,
Croit d'un malheur futur voir la prédiction.
L'éclat éblouissant du nouveau phénomène,
Allume un feu subit en son ame incertaine.
Ce méchanisme heureux excite ses transports :
Il saisit son principe ; il en suit les rapports.
Ses effets rapprochés forment en perspective
Du bonheur de l'esprit l'image la plus vive.

L'Aurore, ramenant le jour & les travaux,
Contemple, en admirant, des prodiges nouveaux.
Prête-moi ton secours ; c'est ton feu qui m'inspire ;
Muse, vole à ma voix ; dicte, je vais écrire.

La Sagesse, animant ses esprits & son cœur,
Le flate, s'insinue, & le remplit d'ardeur :
Un desir inconnu l'embrase & le dévore :
Ce qu'un songe a produit, il croit le voir encore.
Pour ses réflexions c'est un ample sujet :
De le réaliser il conçoit le projet.
Ce Savant [11] de métaux [12] faisant un choix habile,
Les unit & les joint d'un minéral [13] utile.

[11] *Jean* Guttemberg, Gentilhomme de Strasbourg, est regardé comme l'Inventeur de l'Imprimerie, & par une conséquence nécessaire il l'est aussi de la Fonderie, qui en est le travail préliminaire.

[12] La matière qu'employe le Fondeur, est un composé de fer, de cuivre & de plomb.

[13] On se sert d'antimoine pour en former la liaison, & en faire un corps solide.

Un feu [14] vif & brillant les diſſout & les fond ;
De leurs touts déſunis la maſſe ſe confond.
Au bout d'un *Moule* [15] creux la *Matrice* [16] s'applique.
L'Artiſte prend alors la liqueur métallique :
La verſe avec meſure, & tire de ſon flanc
Un ſigne composé d'un métal pur & blanc.
A ſon extrémité paroit le *Caractère* [17].
Du ſéjour étoilé, ſur une aîle légère,

[14] On fait fondre ces différens métaux enſemble dans des baſſins de fonte ; c'eſt ce que l'on appelle *Matière ;* pour employer cette matière, on la fait diſſoudre & liquefier dans des creuſets pratiqués à la partie ſupérieure des fourneaux ; c'eſt dans ces creuſets que l'Ouvrier puiſe avec la cuiller le métal fondu pour le jetter dans le moule.

[15] Le *Moule* dont le Fondeur fait uſage, eſt de fer, ſéparé en deux parties qui ſe rejoignent avec juſteſſe par le moyen de petites bandes ſaillantes qui s'engrainent dans des eſpéces de rainures, & qui ne laiſſent de vuide que l'eſpace qui doit être rempli par la matière, & contenir le caractère. La forme du moule eſt ronde, & à peu près de la grandeur de la paume de la main. A la partie d'en bas de ce vuide on met la matrice à laquelle on donne une aſſiette sûre, en la faiſant ſoutenir à chaque lettre que l'on fond, par un morceau de fer élaſtique & recourbé en anſe, dont un des bouts s'applique en deſſous du corps de la matrice : l'autre extremité de la cavité qui doit recevoir le métal liquéfié, eſt plus évaſée juſqu'à l'endroit où ſe rencontre le pied de la lettre ; c'eſt par cette embouchure que ſe verſe la matiére. La ſéparation & la réunion des deux côtés du moule, de même que l'application de la matrice, ſe réitérent à chaque caractère que l'on fond.

[16] La *Matrice* eſt un morceau de cuivre en forme de parallélipipede, ſur un des côtés duquel on a frappé la lettre gravée au bout d'un poinçon, & qui forme le caractère.

[17] Chaque *Caractère* ou *Lettre* eſt fondu ſéparément. Le corps a environ dix lignes de hauteur, de différente épaiſſeur, ſuivant la qualité du caractère. C'eſt à l'une des extrémités de ces petits corps que la lettre reſſort en relief. Il y a des caractères de vingt proportions différentes, qui ont entr'elles un rapport combiné : ſavoir,

Le gros double Canon,
Le double Canon,
Le gros Canon,
Le Triſmégiſte, ou Canon approché,
Les deux points de gros Romain.

D'invisibes Esprits un essain voltigeant,
Des décrets du Destin ministre intelligent,
Seconde ses efforts, à ses desirs se prête :
Il avance à grands pas ; il n'est rien qui l'arrête.
Il jette sur son plomb un œil voluptueux ;
C'est un riche métal qui va combler ses vœux.
A peine il voit durcir sa liquide matière,
Qu'il donne à son ouvrage un poli sur la pierre [18].
Le superflu s'enleve, & dans un *Composteur* [19]
Il arrange ces corps, tous égaux en hauteur.
Placés du même sens, il les serre, il les presse [20] ;
Le *Rabot* [21] les acheve, & sa délicatesse

Le petit Canon,
Les deux points de Cicero, ou la Palestine,
Le gros Parangon,
Le petit Parangon,
Le gros Romain,
Le Saint-Augustin,
Le Cicero,
La Philosophie,
Le petit Romain,
La Gaillarde,
Le petit Texte,
La Mignone,
La Nompareille,
La Parisienne, ou Sédanoise,
La Perle.

[18] Après avoir rompu le jet ou superflu de la fonte, on frotte le caractère sur une pierre de grès poli, afin de le rendre plus doux & plus maniable.

[19] On nomme *Composteur* un instrument de bois étroit, ayant une entaille, dans lequel on arrange les lettres dans le même sens.

[20] Le caractère ainsi fondu & arrangé dans les composteurs, reçoit dans le *Justifieur* son dernier degré de perfection. Le justifieur est une machine composée de deux larges bandes de métal, de l'épaisseur d'un pouce, & posées horisontalement sur un appui solide. Ces bandes s'eloignent & s'approchent à volonté par le moyen d'une vis placée aussi horisontalement. Deux autres lames de métal d'environ un doigt d'épaisseur, & conservant sur toute leur longueur une entaille semblable à celle du composteur, se posent de champ entre les deux bandes mobiles dont on vient de parler. C'est sur leur entaille que se range le caractère que l'on veut polir & achever, lequel se trouvant resserré entr'elles, ne laisse ressortir que la partie destinée à l'opération du rabot.

[21] Le *Rabot* du Fondeur est un

Ne laiſſe ſur ſa route aucun trait rebutant.
Sur chacun des côtés il en opère autant.
L'œil guidé par le *Cran* [22] ne craint point la mépriſe,
Et ce moyen facile écarte la ſurpriſe.
Pour embellir ſon Art, ſes doigts induſtrieux
Savent l'accompagner d'*Ornemens* [23] gracieux.

Guttemberg, au Fondeur en ouvrant la carrière,
D'un flambeau qui s'allume apporta la lumiére.
De ce premier eſſai l'éclat défectueux
Laiſſoit un vaſte champ aux ſoins de ſes neveux.
Formés ſur les leçons que donna ſon génie,
Combien ont ſu l'accroître en France, en Italie?
Colines [24], Garamont [25], le burin de Robert [26]
Applaniſſent bientôt le ſentier découvert.

inſtrument qui exécute ſur la lettre le même effet que celui qui exécute des moulures ſur le bois. Le tranchant eſt de différente eſpéce, ſelon la partie du caractère ſur laquelle il doit opérer. L'une égaliſe la hauteur, & forme au pied de la lettre comme un petit canal; l'autre enleve des côtés de l'œil de la lettre ce qu'il y a de trop haut, & paroîtroit à l'impreſſion.

[22] Aux deux tiers ou environ du corps de la lettre, vers la partie inférieure, il y a toujours un ou pluſieurs *Crans*, ſoit en deſſus, ſoit en deſſous. Ce cran guide le *Compoſiteur*, & lui déſigne le ſens ſur lequel doit être poſé le caractère, ſans qu'il ſoit beſoin qu'il regarde l'*œil de la lettre*, ce qui demanderoit trop de tems.

[23] Les Vignettes & les Fleurons de fonte ne font pas un petit ornement dans l'impreſſion.

[24] *Simon* de Colines, du Village de Gentilli, près Paris, fut un habile Graveur en caractère Romain. Il travailloit en 1480.

[25] *Claude* Garamont, né à Paris, perfectionna ce talent. Il brilloit en 1510.

[26] *Robert* Grand jean, auſſi de Paris, fils de *Jean* Grandjean, Imprimeur, grava de très-beaux caractères grecs & latins. Il excella ſur-tout dans l'*italique*. Le Pape Grégoire XIII. l'appella pour travailler à Rome. On conſerve encore de ſes matrices avec beaucoup de ſoin en différens endroits, où elles font connoître la capacité & le génie de ce Fondeur.

De Sanlecque [27], le Bé [28], par l'art de la gravure,
Font briller, à l'envi, la typique peinture.
Le fer, entre leurs mains, paré de mille attraits,
De l'Arabe & du Grec nous rassemblant les traits,
Semble ouvrir les sillons d'une terre féconde.
Sans craindre les dangers & les fureurs de l'onde,
L'esprit perce au milieu de leurs riches climats,
Et jouit des trésors dont ils font peu de cas.
Le palais de nos Rois, des travaux d'Alexandre [29]
Conserve le dépôt, en honorant sa cendre.
Le Fondeur [30] de nos jours s'anime, & ses talens
Eternisent son Art & ses dons excellens.

Muse, nous avons vu former le caractère;
Il est tems de montrer son brillant ministère:

[27] *Jacques* de Sanlecque, né à Cauleu, dans le Boulonnois en Picardie, employa sa premiere jeunesse à cultiver la gravure en caractère. Il florissoit vers l'an 1558. *Jacques* de Sanlecque, né à Paris, ne céda en rien à son pere dans la beauté & la délicatesse de ses gravures. Ses connoissances dans les Belles-Lettres ne lui ont pas acquis une moindre réputation que ses caractères. Celui qui porte le nom de *Parisienne*, est de son invention. Il employa aussi sa capacité & son talent pour la Musique & le Plein-Chant, pour lesquels il grava des notes d'une belle exécution.

[28] *Guillaume* le Bé, natif de Troyes en Champagne, donna toute son application à la formation des caractères Hébreux & Rabbiniques. Paris, Venise, Rome se font honneur de l'emploi de ses caractères. Il vivoit vers l'an 1525.

[29] *Alexandre*, Graveur du Roi. Ses matrices servent encore aujourd'hui à l'Imprimerie Royale à Paris. De concert avec Robert Grandjean il amena le goût du caractère *italique* vers le commencement du dix-huitiéme siécle. M. Fournier le Jeune l'a beaucoup perfectionné depuis par la figure, les pleins & les déliés qu'il lui donna.

[30] Aujourd'hui la Fonderie en caractères est portée à un haut degré de perfection. Chaque Artiste se fait honneur d'y ajouter de la beauté & de l'élégance, & l'œil peut s'y satisfaire agréablement de tout ce qu'il y a de plus parfait en tout genre.

Et ſuivant pas à pas ſon glorieux travail,
Evitons les dégoûts d'un ennuyeux détail.

Des effets du métal, pouſſant ſa connoiſſance,
Cet Athlete plus loin porte l'expérience:
Il montre une merveille aux yeux de l'univers;
Enrichit par un ſeul tous les talens divers.
Il forme avec du bois un ſolide aſſemblage [31]:
En quarrés [32] inégaux l'eſpace ſe partage.
Chacun contient ſa lettre; & ſous ſon bras actif
Le caractère vient au coup d'œil attentif.
A l'un de ſes côtés il ſuspend ſa copie [33],
Et le plomb va la rendre exactement ſuivie.
Ses doigts ſemblent voler avec agilité;
Ils fondent ſur la lettre avec avidité.

[31] La *Caſſe* eſt un composé de pluſieurs petites planches poſées de champ, & ſolidement attachées ſur un fond d'environ deux pieds & demi, ou trois pieds en quarré. Elle eſt ſéparée en deux parties: l'une appellée le *Haut de caſſe*, contient les lettres capitales A, B, C, &c. de même que pluſieurs autres lettres accentuées; on trouve dans l'autre partie, que l'on nomme *Bas de caſſe*, les caractères ordinaires, tels que a, b, c, d, &c.

[32] Chaque ſéparation forme un creux d'environ 15 ou 18 lignes d'enfoncement, que l'on appelle *Caſſetin*. Chacun de ces caſſetins renferme une eſpéce propre de lettres. Les caſſetins de la partie ſupérieure, ou du haut de caſſe, ſont égaux; ceux au contraire de la partie inférieure, ou du bas de caſſe, ſont inégaux & proportionnés à la qualité de la lettre qu'ils doivent contenir. Dans cette ſeconde partie de la caſſe les lettres ne ſont point placées dans un ordre alphabétique, comme dans la premiere. Les voyelles & les ſortes qui courent le plus, rempliſſent les caſſetins qui occupent le milieu du bas de caſſe; les autres forment une eſpéce de chaîne qui les environne. Les caſſes deſtinées pour la compoſition de la note ont des caſſetins rangés différemment. L'ordre des caſſes grecques, hébraïques, &c. répond au caractère & au génie de la langue à laquelle on les deſtine.

[33] La copie eſt attachée à un *Viſorium*, ou petite planche qui tourne ſur un *Pivot*, ou pointe de fer.

Chaque

Chaque coup eſt certain ; ſous leur courſe rapide
Le métal diſparoît, & la caſſe ſe vuide.
Ainſi du haut des airs, un vautour carnacier
S'élance dans la plaine, enleve le gibier;
Emporte dans ſon nid ſa ſanglante pâture,
Et vole de nouveau chercher ſa nourriture.
Ou tel, dans les beaux jours de l'ardente ſaiſon,
Le Laboureur prudent enleve ſa moiſſon :
Ses regards vont par-tout, il preſſe, il encourage,
Il court, il va, revient, travaille, hâte l'ouvrage :
Bientôt ſon champ n'eſt plus qu'un inculte terrein ;
Mais ſes amples greniers ſont remplis de ſon grain.
Ainſi ſous ces monceaux de lettres qu'il ramaſſe,
Qu'il arrange avec ſoin, qu'avec art il entaſſe,
L'Artiſte ſait former un fertile dépôt ;
C'eſt un bien qu'il recueille, & qu'il goûte bientôt.

Un inſtrument [34] oblong, de fuſible matière,
S'ouvre, ſe retrécit, s'allonge de manière,
Qu'il dirige, à ſon gré, des lignes la longueur.
Le vuide entre les mots eſt d'égale largeur.

[34] C'eſt ce que l'on nomme *Compoſteur*. Cet inſtrument eſt de fer ou de cuivre, recourbé en équerre dans toute ſa longueur, ou, pour mieux m'exprimer, c'eſt une lame de métal repliée à angle droit. La partie qui eſt dans la main gauche de l'Ouvrier, tandis que la droite va chercher la lettre, eſt fermée par une ou deux clavettes mobiles, qui ſe tiennent fermes par le moyen d'une vis, & que l'on peut avancer ou reculer à volonté, ſuivant la longueur, ou *juſtification* de la ligne. L'extrémité oppoſée, que l'on appelle *Tête du compoſteur*, eſt toujours ſtable & immobile.

D'un bois mince & léger la surface [35] quarrée,
Par trois de ses côtés de rebords entourrée,
Se place devant lui ; reçoit à chaque fois
Le fruit industrieux du travail de ses doigts.
Sur son docile plomb les vers & l'éloquence
Charment les cœurs, les yeux par leur juste cadence.
Empruntant de l'archet l'accord harmonieux,
Il exprime à la vue un son mélodieux.
Tantôt dans ses secrets il sonde la nature,
Et tantôt des vertus il trace la peinture.
Des Princes, des Guerriers il annonce les faits;
Du Vainqueur, du Savant il rassemble les traits.
Par lui de l'Ecrivain l'esprit se multiplie.
Il rend avec usure un don qu'on lui confie.
Discret, il tient la clef du cabinet des Rois ;
Et du Législateur fait éclater la voix.
Pour lui point de climat, point de terre inconnue ;
Devant lui l'Univers souvent passe en revue.
Soumis à ses destins, tous les Arts aujourd'hui,
Pour se rendre immortels, implorent son appui.

Une page finie, il la place avec ordre ;
Et son œil diligent évite le désordre.

[35] A mesure que les lignes sont composées, on les transporte dans une *Galée*. C'est une surface plane & quarrée, garnie sur trois de ses côtés de rebords d'un demi-pouce de hauteur ; la *Coulisse*, qui est une autre planche mince & polie, couvre tout l'intérieur de la galée, & s'introduit par le côté qui n'a point de rebords, en glissant dans les rainures pratiquées en dedans des rebords de la galée.

Lorsque pour le *Forma* le nombre est suffisant,
Un marbre le reçoit. Alors en *imposant* [36],

[36] L'*Imposition* est une des plus belles manœuvres de l'Imprimerie. Par l'arrangement & la combinaison une seule feuille de papier peut contenir jusqu'à 128 pages. Une pareille imposition n'est pas fort commune. Les plus ordinaires sont l'*in-folio*, qui renferme quatre pages, l'*in*-4°, qui en contient huit, l'*in*-8°, seize, l'*in*-12, vingt-quatre, l'*in*-18, trente-six, l'*in*-24, quarante-huit, l'*in*-32, soixante-quatre. Il est à remarquer que pour faire une feuille, il faut toujours un nombre de pages double du nombre marqué par le chiffre indicatif du *Forma*. Pour donner une idée de l'imposition, qu'on prenne d'abord l'*in*-4°. Suivant ce qui vient d'être dit, on sait qu'il faut huit pages pour former la feuille. Qu'on se figure deux quarrés ABCD, EFGH, qui soient égaux entr'eux, & qui soient coupés chacun en quatre parties égales par deux lignes horisontales, *ab*, *ab*, & deux lignes verticales, *cd*, *cd*; ces deux quarrés renfermeront par conséquent huit autres quarrés plus petits & semblables. Que les quatre parties égales du premier quarré ABCD deviennent les quatre pages de l'*in*-4°, qui font un côté de la feuille, & ce côté sera celui où se trouvent la première & la dernière pages, que l'on nomme pour cette raison en terme d'art le *Côté de la première*. Sur la ligne AC, qui est un des côtés du chassis, & dans le petit quarré *aAc*, qui répond à la main gauche de celui qui impose, placez la premiere de vos pages, & marquez ce quarré par le chiffre 1; l'autre qui lui est adjacent & dans la même direction verticale, savoir, le quarré *aCd*, contiendra la dernière page, & soit marqué 8. En laissant les deux pages qui suivent la première, on prend les deux du milieu de la feuille; la quatriéme se place dans le quarré *cBb*, qui est à côté de celui noté 1, & la cinquiéme enfin à côté du dernier quarré où est marqué 8, savoir, dans le quarré *bDd*. Imposons maintenant dans l'autre grand quarré EFGH, également partagé en quatre parties semblables, l'autre côté de la feuille, appellé le *Côté de la seconde*. Je mets la troisiéme page dans le quarré correspondant à celui où j'ai placé la première, sçavoir, le quarré *aEc*; dans le quarré à côté, qui est *cEb*, je pose la seconde; au dessous, suivant la direction de la ligne F*b*H, la septiéme doit trouver sa place; reste le dernier quarré *aGd* pour enfermer la sixiéme; observant que les têtes des pages doivent se regarder de cette manière:

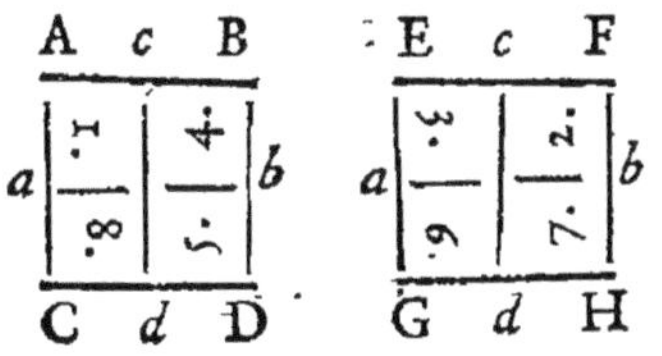

A	c	B		E	c	F
a	1. / 8.	4. / 5.	b	a	3. / 6.	2. / 7.	b
C	d	D		G	d	H

Il combine, il médite ; & de deux en deux pages,
Pour compléter la feuille, il en fait deux partages :

Prenons l'*in-12*, ou 24 pages, pour second exemple, & suppoſons pour cette opération deux chaſſis oblongs, partagés chacun en 12 quarrés égaux & de même forme. Ces quarrés ſont à quatre de front ſur trois de hauteur : par conſéquent je dois trouver la place des 24 pages, en les impoſant comme ci-après

Au côté de *la première*, je mets la première au même endroit où je l'ai placée dans l'exemple déja donné. La dernière ou la vingt-quatriéme, ſe poſe à côté. Dans le quarré oppoſé à celui qui contient la première page, je poſe la quatriéme, au-deſſus de laquelle ſe place la cinquiéme. Dans le quarré correspondant de l'autre côté de cette barre de fer qui ſépare le chaſſis par le milieu dans ſa longueur, on place la huitiéme, & la neuviéme au-deſſus de la cinquiéme. La 12 & la 13 ſe mettent à côté l'une de l'autre dans les deux quarrés qui font le haut du côté du chaſſis où ſe trouve la première. Le quarré qui tient le milieu entre 9 & 13, ſe remplit par la 16 ; au-deſſous de la 13 doit ſe trouver la 17. Il ne reſte plus que deux quarrés à remplir ; ils ſont deſtinés pour les pages 20 & 21, & l'on met la 20 au-deſſus de la 21. Ainſi ſe trouve rempli ce côté de la feuille, que l'on appelle *Forme*. On agit de même pour le côté de *la ſeconde*, en mettant la troiſiéme à la place de la première, & la ſeconde à la place de la quatriéme. Il faut obſerver que les ſix premières pages de ce ſecond côté de la feuille doivent border, en montant, les deux côtés oppoſés du cadre du chaſſis, & préſenter leurs chiffres, ou *folio*, en dehors, les deux bandes rentrantes au contraire doivent s'impoſer en descendant, & avoir leurs chiffres en dedans du côté de la barre du milieu. Cette opération s'exécute ainſi, lorſque ce *forma* n'a qu'une *ſignature*, ou *lettre* qui déſigne la feuille. Lorſqu'elle en a deux, on impoſe différemment ; les ſeize premières pages font ce qu'on appelle *in-8°*, en obſervant de laiſſer la troiſiéme rangée en montant pour placer les huit dernières, & mettre la première de ces huit pages à la place de la 9 dans l'*in-12*, qui n'a qu'une ſignature ; la dernière ſe met à côté. On nomme cette ſorte d'impoſition, *Carton en dehors*, & la première, *Carton en dedans*, parce que la ſeconde bande, en pliant le papier, fait un *à parte*, & s'impoſe comme un *in-folio*. en cahier, qui reſſort en dehors. Telle eſt la marche de l'impoſition ; il n'y a que du plus ou du moins de combinaiſon, ſuivant le nombre de pages dont une feuille eſt compoſée.

Dans des *Chassis* de fer & des *Bois* [37] mesurés
Il ajuste, il enchasse, il les tient resserrés.
Sous les coups redoublés de sa main vigilante,
Le coin poussé retient la page chancelante.
Il *sonde* [38] en soulevant, & si tout est égal,
Il ne voit ni baisser, ni tomber le métal.

S'associant alors un Compagnon fidéle [39],
Du ressort de la *Presse* [40] il lui trace un modéle;

[37] Les *Chassis* sont des cadres de fer, traversés au milieu par une barre de même métal; ceux dont on se sert pour les affiches ou autres choses semblables, n'ont point cette barre du milieu, & se nomment *Ramettes*. Les bois dont on fait usage pour retenir & emboëter les pages, pris ensemble, portent le nom de *Garnitures*; mais pris séparément, ils ont différens noms, suivant la place & les fonctions qu'ils remplissent. On appelle *Têtières*, ceux qui se mettent entre les têtes des pages; *Bois de fond*, ceux qui se couchent entre les pages selon leur longueur; *Biseaux*, ceux qui enveloppent le tout, & répondent aux barres du chassis. Ces derniers bois reçoivent l'effort du coin. Il y en a pour les côtés & pour le bas de la *Forme*; les premiers se nomment *grands* biseaux; les seconds, *petits* biseaux. On a soin de placer la partie la plus large des grands biseaux au haut de la forme, du côté des bois de tête; la barre du milieu doit séparer les deux têtes des petits biseaux. Cet arrangement offre non-seulement un coup d'œil de propreté, mais donne encore une grande aisance à l'Ouvrier pour serrer & desserrer les coins.

[38] Il est de l'honneur & de l'intérêt du Compositeur que toutes les lignes soient également justifiées; autrement ce composé de tant de milliers de petits corpuscules métalliques, qui ne sont soutenus que par une pression latérale, tomberoit & feroit ce qu'on appelle *Pâté*.

[39] *Jean* Guttemberg associa à ses travaux *Jean* Fust, qui abandonna le commerce d'orfévrerie qu'il faisoit à Mayence, pour l'aider dans son entreprise. *Pierre* Schoyffer, gendre de Fust, fut aussi engagé dans cette société par son beau-pere, qui lui connoissoit une grande capacité & un génie entreprenant.

[40] Pour comprendre le jeu de la *Presse*, il est à propos de faire connoître ses principales parties. Cette machine dans son opération exécute deux mouvemens; l'un vertical, qui est la pression; & l'autre horisontal, qui est l'action de faire

Et leurs efforts communs, secondant leurs desirs,
Font jaillir de leurs mains la source des plaisirs.

aller & revenir le métal & tout ce qui l'accompagne à chaque feuille de papier que l'on imprime. Qu'on se figure d'abord deux poutres plantées à une distance d'environ un pied & demi; c'est ce que l'on appelle *Jumelles*. Ces deux jumelles sont rendues stables & immobiles par quatre piéces de bois; deux posées transversalement & fortement attachées aux parties supérieure & inférieure. La première de ces piéces porte le nom de *Sommier d'en bas*, & la seconde, celui de *Chapeau*. Les deux autres se nomment *Patins*, & soutiennent le corps de la presse. Il reste par conséquent un espace quarré, dans le vuide duquel s'opèrent les simples, mais admirables effets de l'Imprimerie. Pour y parvenir, on pratique un autre sommier mobile, nommé *Sommier d'en haut*, au milieu duquel est un *Ecrou*, qui reçoit l'extrémité supérieure de la *Vis*. L'autre extrémité, qui porte le nom de *Pivot*, tourne dans un morceau d'acier creusé appellé *Grenouille*. Cette grenouille s'enclave dans le sommet de la *Platine*. Cette dernière piéce est une masse de cuivre quarrée & liée fortement par ses quatre angles aux quatre angles correspondans d'une *Boëte* de même figure. La boëte se trouve occuper le milieu de la vis, qu'elle laisse passer au travers de ses deux surfaces supérieure & inférieure. Afin de conserver une direction perpendiculaire invariable à cette continuité de piéces, & exécuter un foulage juste & égal, on construit à la hauteur du milieu de la boëte, c'est-à-dire, à une égale distance du sommier d'en haut & de la surface de la platine, une *Tablette*, qui ayant une ouverture quarrée dans son milieu, ouvre un libre passage à la boëte pour monter & descendre, sans qu'il lui soit possible de vaciller. Pour imprimer le mouvement à cette partie de la Presse, on se sert d'un levier de fer recourbé, qu'on appelle *Barreau*. Une de ses extrémités entre dans la vis & la traverse d'outre en outre, à la hauteur d'un pouce, ou environ, au-dessus de la boëte. L'autre extrémité est garnie d'un manche de bois. Or ces différentes piéces étant disposées dans l'ordre ci-dessus, & dans une direction perpendiculaire, on peut concevoir facilement que le mouvement par lequel l'Imprimeur attire le barreau, fait descendre la vis, la boëte & la platine, & que le mouvement contraire fait remonter le tout. Ainsi s'exécute la pression, qui est le mouvement vertical de la Presse. Voyons maintenant ce qui concerne son mouvement horisontal.

Pour s'en former une idée, il est nécessaire de diviser les instrumens de ce second mouvement, en deux parties. La première est le *Berceau*, la seconde est le *Coffre*, & ce qu'il contient. Le berceau est un com-

Sur un niveau parfait deux *Jumelles* dressées,
A l'aide des *Sommiers* se tiennent embrassées.
Entre leur intervalle un *double* mouvement
Précipite l'effet du mobile instrument.

posé de deux longues piéces de bois, qui posent vers leur milieu sur le sommier d'en bas, leurs extrémités posent sur d'autres soutiens stables & immobiles. Elles sont taillées en coulisses, afin de laisser au coffre la liberté de glisser sans vaciller. Leur intervalle est traversé dans sa longueur par deux autres bandes couvertes endessus de lames de fer poli, auxquelles on a donné le nom de *petites Poutres*, ou *Bandes de fer*. Le coffre est un assemblage de quatre piéces de bois, de quatre doigts de hauteur sur trois d'épaisseur; dans le quarré qu'elles forment, on enchasse une pierre polie, que l'on nomme *Marbre*. C'est sur cette pierre que l'on pose la forme. Au bout du coffre opposé à celui qui regarde la platine, par le moyen de deux charnières on attache le *Tympan*. Ce tympan est un chassis de bois sur lequel on colle une parchemin. On étend le papier sur ce parchemin pour l'imprimer, & l'on le couvre ensuite d'une *Frisquette*. C'est un autre chassis de fer fort mince; on y colle une feuille ou deux de papier, que l'on découpe après, pour ne laisser passer que la lettre; & préserver de taches & de macules le blanc de la marge & celui qui se rencontre entre les pages. La frisquette est attachée au tympan par des charnières semblables à celles qui attachent le tympan au corps du coffre. Ce coffre & tout ce qu'il renferme, se pose sur le berceau. Pour le faire rouler, on fait traverser les deux grandes bandes du berceau proche des jumelles par une barre de fer, appellée *Broche du Rouleau*. Au milieu de cette broche est le *Rouleau*, qui est un morceau de bois, autour duquel on fait faire un tour à une corde dont les extrémités sont attachées aux deux extrémités opposées du coffre dans sa longueur. A la partie de la broche du rouleau qui est du côté de l'Ouvrier, on adapte une *Manivelle*, ou poignée. L'Artiste en la tournant de la main gauche, fait avancer le coffre sous la platine, & sa droite, en attirant à lui le barreau, fait fouler la platine sur le tympan; & le papier étendu dessous reçoit l'impression du caractère, dont la surperficie est enduite d'encre. Telle est la manœuvre qui multiplie tous les jours avec tant de promptitude & de facilité les plus beaux chef-d'œuvres de l'esprit humain.

On peut encore remarquer plusieurs choses dans la construction de la presse, qui sans être d'une nécessité absolue pour l'opération, ne laissent pas de contribuer beaucoup à la beauté & à l'aisance de l'e-

Dans un *Coffre* de bois une *Pierre* enchaſſée,
Par le jeu du *Rouleau* ſous la *Vis* eſt pouſſée,
Et reçoit ſur ſon plan le métal compoſé.
D'un *Fluide compact* [41] le plomb eſt arroſé.
Sur ſa ſuperficie, une *Balle* [42] de laine
Répand de la liqueur une couche certaine.
Sur un *Tympan* garni l'on poſe le papier,
Trempé dans une eau pure, & qui le fait plier
Au plus léger contact de l'humide matière.
Au tympan adaptée, ainſi qu'une charnière,
La *Friſquette* s'abbaiſſe ; un *Carton* découpé
Conſerve ſous ſes bords le blanc envelopé ;
Aux lettres ſeulement il ouvre le paſſage,
Fait que rien ne macule & ne gâte l'ouvrage.
D'un *Barreau* recourbé l'adroite invention
Fait ſaillir ſur le tout ſa forte impulſion ;
Le tout ſemble, à ſon gré, s'élever & deſcendre :
Tout ſemble, ſous ſes coups, obéir & ſe rendre.
Il fait gémir la Preſſe, & ſous un bras puiſſant
La *Platine* fait voir un chef-d'œuvre naiſſant.
On déroule à l'inſtant la ſuperbe *Machine*,
On ouvre le tympan, on voit, on examine.

xécution. Le petit Tympan qui s'enclave dans le grand, eſt un petit chaſſis de bois couvert auſſi d'un parchemin : il ſe met dans le grand par deſſus. Les Blanchets ſont des piéces d'une étoffe de laine, fort épaiſſe & taillée de la figure & de la grandeur du tympan. On les met entre les deux tympans. Leur fonction eſt d'augmenter & de faciliter le foulage. L'énumération complette de toutes les parties de la preſſe, nous meneroit trop loin, & ſortiroit des bornes d'une note.

[41] L'*Encre* dont on ſe ſert pour l'impreſſion, eſt un compoſé de noir de fumée, d'huile cuite & de térébenthine.

[42] Les *Balles* ſont faites en forme d'entonnoirs de bois qui ont une poignée. Le vuide ſe remplit de laine, que l'on couvre de cuirs cruds.

De

De ce premier eſſai la brillante clarté
De l'or, du diamant ſurpaſſe la beauté.

Vers la perfection ſon eſprit ſe dirige ;
Le défaut de ſa main, que ſa plume corrige,
Par ſa main [43] auſſitôt du plomb eſt enlevé.
Il déplace, il remet ; & le tout achevé,
Le métal plus correct retourne ſous la preſſe.

L'Artiſte ambitieux, que la gloire intéreſſe,
Veille, & ſur ſon objet porte un œil curieux.
Sa *Touche* [44] ménagée enchante tous les yeux.
Heureux, ſi le penchant d'un intérêt ſordide
Ne l'écartoit ſouvent du chemin où le guide
Et l'honneur de ſon Nom, & celui de ſon Art,
Dont l'éclat disparoît, s'efface au moindre écart ;
Tout devient dangereux pour ſa délicateſſe ;
Ou ſa gloire ou ſa honte émanent de la Preſſe.
Embraſé du beau feu de l'émulation,
L'Imprimeur eſt jaloux de ſon *impreſſion.*

Le nombre deſiré terminant ſa carrière,
Une autre *Forme* alors ſuccéde à la première.

[43] La *Correction* ſe fait en deſſerrant ſur un marbre la feuille que l'on veut corriger, & en enlevant par le moyen d'une pointe ce qu'il y a de défectueux, pour y remettre ce qui manque.

[44] La *Touche* eſt la manière de diſpenſer l'encre d'une façon égale & uniforme ſur la ſuperficie du caractère. C'eſt de-là presque toujours que dépend la beauté & la valeur de l'impreſſion.

Elle offre un autre objet à l'admiration,
En donnant au papier sa *Retiration* [45].
L'Univers embelli des nombreux exemplaires,
Qu'étalent du *Barreau* les forces tutélaires,
Voit naître à leur aspect un soupçon glorieux:
On veut que cet effet soit l'ouvrage des Dieux.
Dans ce simple début, dénué de parure,
On prévoit le succès de sa grandeur future.
Tels les premiers rayons de l'aube du matin
Aux yeux du Voyageur qui se met en chemin
Annoncent d'un beau jour l'étincelante aurore.
Ainsi chaque moment pour cet Art fait éclore
Mille agrémens nouveaux qu'il sait accumuler.
Sous lui les autres Arts se viennent rassembler.
Par les traits [46] élégans d'une main délicate,
Ou le cuivre, ou le bois, sous un coup d'œil qui flate,
Nous peint des attributs, nous présente des fleurs.
L'éclatant vermillon [47] prépare ses couleurs.

[45] Lorsque l'on a tiré le nombre convenu de feuilles de papier d'un côté, on met sur la presse l'autre côté de la même feuille: l'Imprimeur tourne alors son papier, pour faire la même opération sur sa surface restée blanche. Ce second côté se nomme *Retiration*, & forme la feuille entière.

[46] Plusieurs Graveurs ont ajouté beaucoup de brillant à l'Imprimerie par la délicatesse de leur burin. On a des Vignettes, des Fleurons, qui sont d'un fini & d'une beauté achevée. Les éditions de certains Ouvrages, entr'autres celle des Fables de la Fontaine, *in-fol.* 4 vol. peuvent satisfaire sur ce point les curieux en impression. On en a aussi dans le même genre gravés sur cuivre, & exécutés par les plus habiles Maîtres; c'est ce que l'on entend par le terme de *Taille douce*. On ne prétend point parler ici des grands morceaux de gravure, tels que sont les Cartes géographiques, les Plans, la Figure, qui, devenant souvent un ornement nécessaire, sont cependant étrangers à l'Imprimerie.

[47] Il s'agit de l'impression qu'on appelle communément *Rouge &*

L'adreſſe les mêlange, & la grace les broye;
En ſes travaux hardis l'Artiſte les employe.
Admirable ſecret, qui préſente à la fois
La main d'œuvre, l'eſprit, & le ſon de la voix!

C'eſt ainſi qu'à l'étude une route facile
Se fraye entre les mains de l'Ouvrier habile :
C'eſt ainſi que cet Art ſe rend ingénieux
A parler pour le cœur, à peindre pour les yeux.
L'Ecrivain, profitant d'un ſi rare avantage,
Travaille avec ardeur, ſans craindre le naufrage.
Qui pourroit calculer les nombreux monumens,
Que ſon triomphe arrache à la rage des tems?
Quel amas infini d'utiles connoiſſances,
Quel progrès inouis dans les hautes Sciences
La preſſe nous procure, en ces tems éclairés,
Où l'Europe, admirant ſes Souverains lettrés,
Voit fleurir dans leurs Cours les mœurs, la politeſſe,
Le deſir du ſavoir s'unir à la nobleſſe;
L'eſprit accrédité, l'ignorance en horreur,
Et le casque ſouvent cacher plus d'un Auteur.

Noir. Elle s'exécute de cette manière. Au lieu d'encre, c'eſt un vermillon détrempé dans de l'huile de noix cuite, que l'on nomme *Vernis.* On touche la forme comme devant être tirée en rouge; mais le parchemin de la friſquette, artiſtement découpé, ne laiſſe marquer ſur le papier que les lettres, les mots, ou les lignes qui doivent reſſortir en rouge. Lorsque cette forme eſt tirée, on la leſſive avec ſoin, & on enleve alors tout ce qui a marqué : on remplace ce vuide avec des cadrats. On remet cette forme ſous preſſe, pour la retirer de nouveau en noir. Quelle adreſſe, quelle exactitude & quels ſoins une pareille manière d'imprimer n'exige-t'elle pas de l'Ouvrier?

Préſent digne des Dieux ! Richeſſe ineſtimable !
Pour l'ame, pour l'eſprit dépôt inaltérable !
O Toi, dont les faveurs, dont les bienfaits ſacrés
Ont deſſillé les yeux des Mortels égarés,
Toi, qui fis de leurs cœurs ton unique appanage,
Qui voulus par cet Art couronner ton ouvrage,
Eternelle Sageſſe, acheve, & que ce jour
Admire leur hommage, & comble ton amour !

Bientôt du Genre humain la Discorde ennemie,
Brouille les deux Auteurs [48] de la Typographie.
Elle croit étouffer ſous leur diviſion
La récente ſplendeur de cette invention.
Mais ſon deſtin l'emporte, & détourne l'orage.
Son éclat en redouble, & s'étend davantage ;
Sa gloire & ſon empire augmentent tous les jours.
Tel un fleuve rapide entraîne dans ſon cours
Les débris écroulés d'une foible barrière,
Et couvre de ſes eaux une Province entière.

Cette Rome, autrefois abondante en Héros,
De cet Art merveilleux appelle les Suppôts,
Fait revivre par eux d'antiques Ecritures,
Et veut renaître encor pour les races futures.

[48] Des vues d'intérêt divisèrent *Jean* Guttemberg & *Jean* Fuſt. Mais cette diviſion, bien loin de nuire à la Typographie, lui fut avantageuſe. Les peuples voiſins ſaiſirent avec avidité cette nouvelle invention, l'améliorèrent & la perfectionnèrent.

Sed enim vaſtas ceu ſpumeus amnis
Exuperat moles ; & ab objiçe grandior, arva
Fluctibus involvit tumidis.
Her.

Venise a dans son sein deux illustres Parens [49];
Pour elle, ils font germer des lauriers différens.
Précieux Rejettons [50] d'une terre fertile,
Où les Arts en tout tems trouvèrent un azile,
Le François vous admire, ainsi que l'Etranger;
C'est en vous imitant qu'il prétend se venger.
Manuce [51] & ses enfans, aux fastes de la gloire,
Ont fait inscrire un nom d'immortelle mémoire.

Aux Mondes découverts, Batave industrieux,
Vous n'avez pas borné vos exploits glorieux.
Si l'Inde par vos mains enrichit notre terre,
De plus nobles trésors vous couvrez l'hémisphère.
Vous donnez Elzevir [52], bientôt Westin [53] le suit.
Sur leurs pas lumineux un plus beau jour reluit.

[49] *Jean* & *Wendelin* de Spire, sont les premiers que l'on connoisse avoir employé à Venise, l'an 1469, le caractère *Romain*, appellé aussi *Vénitien*.

[50] *NN*. Junta, originaires de Lyon, tinrent à Venise, après Manuce, le premier rang dans l'Art naissant de la Typographie.

[51] *Alde-Pie* Manuce, Ecrivain célébre, fit briller l'Imprimerie. *Bassien* Manuce, & *Paul*, son fils, florissoient à Venise & à Rome, dans le XVI. siécle, tant par les productions de leur savante plume, que par leur talent à les multiplier sous le coloris & le coup d'œil frapant de l'impression. Il y a eu aussi un autre *Alde* Manuce, petit fils du premier, qui nous a laissé trois Livres d'Epîtres Familières. Cet Ouvrage, de même que les douze Livres d'Epîtres de ce genre, donnés par *Paul* Manuce, son pere, auroient fait honneur au siécle d'Auguste. Il est à remarquer que les premiers Imprimeurs étoient en même tems Graveurs & Fondeurs des caractères dont ils se servoient. Manuce excella dans ce genre: il est le premier qui introduisit dans cet Art l'usage du caractère *italique*, qui est de son invention.

[52] Il y a eu quatre Imprimeurs de ce nom: *Louis*, *Bonaventure*, *Abraham*, & *Daniel*. Ils se sont acquis tous les quatre une haute réputation dans cette profession, sur-tout par la netteté & l'arrangement de leurs caractères.

[53] *Henri* Westin, fils de *Jean-*

Le célébre Blaeu [54], Disciple de Ticho,
Semble être de Minerve & l'Elève & l'Echo.

O toi, superbe Anvers, toi, qui dans ton enceinte
Vois de l'Art de Plantin [55] une brillante empreinte,
Ton nom par ses travaux vivra chez nos neveux.
Et toi, sincère ami [56] de ce Mortel fameux [57],
Dont la plume subtile & l'intellect immense
Laissent dans ses Ecrits ignorer ce qu'il pense;
Qui, vrai caméléon, Prothée ingénieux,
Sait changer de couleurs, & se transforme aux yeux,
Calviniste, Romain, toujours son caractère,
D'un cœur irrésolu présente le mystère;
Toi, Froben, des Lettrés reçois un juste encens.

Quel triomphe pompeux! Quels noms frapent mes sens!

Rodolphe Westin, Professeur en Langue Grecque à Basle, s'est rendu recommandable par son savoir & par sa délicatesse dans l'impression des Livres. Il exerça ses talens à Amsterdam, où il mourut en 1726. Il y a encore aujourd'hui en Hollande de ses Descendans, dont le mérite ajoute un nouveau lustre à la gloire de *Henri* Westin.

54 *Jansson* Cesius, *autrement* Blaeu, fut éleve & ami de Ticho. Il décéda en 1630, à Amsterdam, généralement estimé de tous les Gens de lettres par ses qualités & par les ouvrages nombreux & parfaits qu'il fit imprimer.

55 *Christophe* Plantin, natif de Tours, très-versé dans la Littérature, établit une Imprimerie à Anvers, où il s'étoit retiré. Il laissoit à des personnes savantes le soin de revoir & de corriger ses épreuves; il ne sortoit rien de chez lui que de correct. Cette scrupuleuse exactitude lui fit donner le surnom de *Docte*. Il mourut en 1598.

56 *Jean* Froben, Allemand d'origine, brilla à Basle. Les suites d'une chute le conduisirent au tombeau en 1527.

57 *Erasme*, si connu par son érudition profonde, & par ses variations de sentimens par rapport à la Religion, étoit intime ami de Froben.

Quelle foule nombreuſe inonde ma Patrie !
Fichet [58] vole au devant de la Typographie.
Il éleve ſon trône en ces lieux où Sorbon
Jetta les fondemens d'une illuſtre Maiſon.
De Tiſſard [59] animé les prodigues largeſſes,
Pour réveiller les Arts, font retentir les Preſſes.
Les Hébreux par Gourmont [60] reparoiſſent au jour,
Et le Grec négligé ſignale ſon retour.
De l'illuſtre Imprimeur Etienne [61] ſuit les traces.
Il ajoute au ſavoir le coup d'œil & les graces.
D'une forme plus belle il décore ſon Art :
Dans les moindres objets il évite l'écart.
Aux ſiécles qui naîtront exemple mémorable !
Sa maiſon, des Savans azile favorable,
Eût été pour Auguſte un ſéjour enchanté,
Que l'Orateur Romain lui-même eût reſpecté.

[58] *Guillaume* Fichet, Docteur de Sorbonne, & Recteur de l'Univerſité de Paris, fit venir d'Allemagne les meilleurs Ouvriers dans l'Art d'imprimer. *Martin* Crantz, *Ulrick* Gering, & *Michel* Friburger furent ces hommes choiſis qui apportèrent à Paris la ſemence typographique, qui a porté depuis des fruits ſi abondans & ſi glorieux pour l'Empire des Lettres. Il étoit juſte que la Sorbonne, qui étoit le ſanctuaire des Sciences, devînt auſſi la dépoſitaire de ce germe précieux des connoiſſances humaines. Fichet leva à ces Imprimeurs étrangers un laboratoire dans cette célébre maiſon.

[59] *François* Tiſſard employa ſon bien & ſes talens à l'accroiſſement & à l'aggrandiſſement de l'Imprimerie.

[60] *Gilles* Gourmont donna le premier au Public ſous les yeux & ſous la conduite de *François* Tiſſard des éditions de différens Auteurs Grecs & Hébreux, vers l'an 1507.

[61] *Robert* Etienne, fils de *Henri*, fut Imprimeur du Roi. Il s'eſt rendu illuſtre par un Ouvrage qu'il compoſa, intitulé : *Linguæ Latinæ Theſaurus*. Il étoit ſi curieux de l'exactitude & de la perfection des Ouvrages qui s'imprimoient chez lui, qu'il entretenoit ſouvent juſqu'à dix Savans, pour revoir & corriger ſes épreuves. Comme la plupart de ces Correcteurs lettrés étoient étran-

L'Epouſe, les Enfans ſont un mêlange habile
De l'or de Tullius & des fleurs de Virgile.
Et ſon Frère [62], & ſon Fils [63], cultivateurs zélés,
Donnent un nouveau luſtre aux talens ébranlés.
Turnèbe [64] vient enſuite, & le docte Interprète [65]
Fait retentir les ſons d'une Attique Muſette.
Vitré [66] répand au loin de ſublimes Ecrits.
Promenons nos regards ſur différens Pays ;
Par-tout, ſous l'étendart de la Typographie,
Les talens ſont vainqueurs, l'eſprit ſe vivifie.

gers, on ne parloït que latin dans ſa maiſon. L'Epouſe, les Filles, & même juſqu'aux domeſtiques d'Etienne ſe rendirent cette langue ſi habituelle & ſi familière, qu'ils la parloient comme la leur propre. Il décéda en 1559.

Doctos docta excipit ædes :
Auſonio ſermone ſonat : cum conjuge ſervos
Hîc ſtupeas, facilis quo Tullius ore, loquentes.

Her.

[62] *Charles* Etienne, frere de *Robert*, fut en même tems Docteur en Médecine, & Artiſte célébre dans la Typographie.

[63] *Henri* Etienne, fils de *Robert*, s'eſt fait un nom fameux par ſon érudition & ſes talens pour l'Imprimerie. Il donna pluſieurs Ouvrages ſortis de ſa plume, entr'autres celui qui a pour titre : *Linguæ Græcæ Theſaurus*. Ce monument de ſon génie rend un témoignage authentique de ſa capacité & de ſon ſavoir profond.

[64] *Adrien* Turnèbe, natif de Rouen, fut Directeur de l'Imprimerie Royale à Paris, & Profeſſeur Royal en Langue grecque. A ſa mort, arrivée en 1565, il emporta les regrets de tous ſes ſavans Contemporains.

[65] *Frédéric* Morel, Interpréte & Imprimeur du Roi, cultiva avec beaucoup de ſuccès la Poëſie grecque & latine. Il fit revivre dans pluſieurs belles éditions le goût & l'amour de ces langues, qui étoient reſtées enſevelies dans l'oubli depuis ſi long-tems. L'année 1630 vit la fin de ſes jours.

[66] *Antoine* Vitré mit ſous Preſſe pluſieurs Ouvrages conſidérables. L'Edition de celui qui a pour titre : *Mich. Jayi Polyglotton*, lui a fait un honneur infini. S'il eût été auſſi ſavant que *Robert* Etienne, il l'auroit preſque ſurpaſſé dans la beauté & le choix de ſes caractères, dans la délicateſſe & dans l'élégante combinaiſon des rapports typographiques. Il mourut en 1674.

Bordeaux a ſon Milange [67], & Lyon ſon Dolet, [68];
Le Citoyen d'Anvers voit encore Moret [69].
Sixte [70] va dans le ſein de l'antique Italie
Etaler de cet Art la richeſſe infinie.
Dans le Palatinat s'éleve Comelin [71];
A Louvain Rescius [72], & dans Basle Oporin [73].
Dans Leyde Raphelinge [74] apporte une merveille ;
Sa main charme les yeux, & ſa bouche, l'oreille.
Par-tout le vif éclat de ſes rayons nombreux
Perce de l'ignorant le cachot ténébreux ;

[67] *Simon* Milange, après avoir régi des Colléges, & même des Univerſités dans cette partie de l'Aquitaine, qui porte le nom de *Guienne*, cultiva l'Imprimerie à Bordeaux, & s'y rendit célébre.

[68] *Etienne* Dolet s'eſt ſignalé à Lyon par ſon ſavoir & la beauté de ſes impreſſions.

[69] *Jean* Moret, ſecond Gendre de Plantin, eſt celui qui fait valoir l'Imprimerie de ſon beau-pere à Anvers, où il excite en ſa faveur l'eſtime & l'admiration des Gens de Lettres & des curieux en impreſſions par ſa ſagacité & ſa vigilance dans cet Art délicat.

[70] *Sixte* de Strasbourg, établit en 1471 une Imprimerie à Naples, & y brilla par ſa ſcience & ſes talens.

[71] *Jérôme* Comelin, François, porta la connoiſſance typographique à Heydelberg, alors Capitale du Palatinat.

[72] *Rutger* Rescius, Profeſſeur en langue Grecque à Louvain, y exerça auſſi avec beaucoup d'honneur & de réputation la profeſſion d'Imprimeur.

[73] *Jean* Oporin, après avoir enſeigné dans l'Univerſité de Basle les langues Grecque & Hébraïque, de même que la Théologie, abdiqua la Chaire pour l'Imprimerie, dans laquelle il s'eſt immortaliſé.

[74] *François* Raphelinge, né dans les Pays-Bas, ayant été quelque tems Profeſſeur dans le Collége de Cantabre, ſe rendit à Anvers, auprès de Plantin, dont il épouſa une fille, l'autre ayant été mariée depuis à *Jean* Moret, dont il eſt parlé plus haut. Raphelinge, appellé enſuite par les Etats des Provinces-Unies pour enſeigner l'Hébreu à Leyde, y transporta en même tems le talent de ſon beau-pere, & s'y fit autant eſtimer par ſa ſcience & ſes vertus, qu'admirer par l'éclat de cette brillante invention.

Sa lumière, à l'erreur Egide impénétrable,
Devient pour la raiſon un flambeau ſecourable;
Reſſuscite pour nous la docte Antiquité,
Du bel âge de Rome offusque la beauté.

Vous, dont cet Art illuſtre excite la tendreſſe,
Qui, remplis de ſon feu, le cultivez ſans ceſſe;
Vous, dont les yeux jaloux, les ſoins laborieux
Prodiguent à ſes fruits un zele généreux,
Pardonnez aux efforts d'une Muſe impuiſſante.
Le ſujet eſt trop vaſte, & ſa voix languiſſante;
Vos noms ſuffiſent ſeuls, & votre éloge eſt fait.

Suivez dans cette arêne un modèle parfait.
Dirigeant ſon eſſor vers la ſolide gloire,
Un Eleve de l'Art [75], au Temple de Mémoire,
S'eſt ouvert de vos jours un sûr & libre accès.
En marchant ſur ſes pas, jouiſſez du ſuccès.
Dans le cœur des Savans un burin ineffable
Lui grave un nom plus beau, plus grand & plus durable,
Que le marbre & l'airain, ſtériles monumens,
Qui tombent tous les jours ſous les efforts du tems.
Au centre du Parnaſſe il s'éleve un trophée.
La voix des doctes Sœurs n'eſt jamais étouffée;
Elle ſeule éterniſe un Mortel éclairé,
Par elle tout lui rend un hommage aſſuré.

[75] *Jean-Baptiſte* Coignard, ci-devant un des premiers Imprimeurs de Paris, aujourd'hui Secrétaire du Roi, & Conſervateur des Hypothéques, a fondé dans l'Univerſité de cette Ville un prix d'Eloquence pour les Maîtres ès Arts, qui ſe diſtribue ſolemnellement tous les ans, le même jour que ceux des Humanités. *Utinam multi imitatores!*

Ces Héros fastueux, que renomme l'Histoire,
Ces Conquérans fameux, qu'animoit la victoire,
Qu'ont-ils fait de plus grand que Pierre [76] à Pultava ?
Ce Prince voyageur, des Arts qu'il cultiva,
Forme pour ses Sujets l'immuable héritage;
Ente un Peuple savant sur un Peuple sauvage,
Et de l'Art que je chante, adorateur nouveau,
Il crut, s'il lui manquoit, n'avoir rien fait de beau.

Et déja dans l'Asie, attaquant l'ignorance,
Le Type [77] de ses biens porte la connoissance.
L'Homme spirituel, en ces climats fleuris,
Commença le premier à briller en Ecrits.
Heureux, si dégagés d'une aveugle nature,
Ces Peuples du cahos percent la nuit obscure!
Leur esprit délié, sortant de sa prison,
Nous fourniroit de fleurs une riche moisson.

Ce tems, qu'on doit nommer le regne des Sciences,
Où tout devient l'objet de nos expériences;
Où, sous de justes loix, un Prince bienfaisant
Récompense avec choix le Héros, le Savant,

[76] Le Czar *Pierre* Alexiowitz, surnommé le *Grand*, changea entiérement la face de la Russie, & y transplanta le germe de toutes les connoissances qu'il eut soin de recueillir dans les différens voyages qu'il fit chez les Peuples de l'Europe, où les Sciences & les Arts florissoient le plus. Il attira chez lui plusieurs Imprimeurs de Paris, pour former des Eleves.

[77] Il y a depuis quelques années une Imprimerie établie à Constantinople, de laquelle sont sorties plusieurs éditions de l'Alcoran & de quelques autres Livres propres à la Religion Mahométane. Présage heureux pour l'avenir!

Entrelaſſe, avec goût, aux lauriers militaires
Du paiſible olivier les rameaux ſalutaires;
Contemple dans nos murs ce pompeux bâtiment [78],
De l'Art & du Génie immortel monument.
Dans ſon Louvre ſuperbe [79], avec magnificence,
LOUIS offre un azile aux Eſprits de la France;
Et la Preſſe, exaltant leurs ouvrages divers,
Fait répéter leurs noms aux bouts de l'Univers.
Que dis-je? Cette Main, qui ſigne tant de graces,
D'Etienne, de Vitré [80] ſait imiter les traces;
Elle poſe le Sceptre, & court avec les Arts
Egayer les momens dérobés aux égards,
Aux ſueurs, aux travaux qu'entraîne la Couronne;
Un Eſſain glorieux la ſuit & l'environne.
Mais ſi LOUIS ſe plaît dans ſes ſentiers connus,
Il ſait auſſi de l'Art réprimer les abus.
Il lui donne en ſon choix la preuve de ſon zèle,
Le confiant aux ſoins d'un Magiſtrat fidèle,
Dont l'eſprit & le cœur, dont l'œil prudent & sûr
Dans ſes productions ne ſouffre rien d'obſcur,

[78] La Bibliothéque du Roi, la plus complette qui ſoit en Europe, tant par les manuſcrits rares qu'elle renferme, que par les plus belles éditions d'Ouvrages en tout genre, qui forment un ſpectacle auſſi brillant pour les yeux, qu'il eſt ſatisfaiſant pour l'eſprit.

[79] Les Académies tiennent leurs ſéances au Louvre. Pluſieurs même des Académiciens y ont leur logement. L'Imprimerie Royale, qui y eſt placée, voit ſortir de chez elle les excellens morceaux dont cette illuſtre Compagnie décore tous les ans la France, ou pour mieux dire, le monde entier.

[80] *Jam jam ſuppeditat tibi florens*
Aula peritum
Artificem: Comes Augenſis, DUCE
TE, *eſſe laboris*
Lætatur ſocius.

Thib.

Arrête le poiſon que la plume diſtile ;
Oppoſe un mur d'airain à la fougue indocile
De ces cœurs regorgeans d'un venin dangereux,
Du crime & de l'erreur miniſtres ténébreux.
Sous les regards perçans de ce Dépoſitaire
Jamais on ne verra la Preſſe mercénaire
Prêter à l'impoſture un injuſte ſecours,
Et répandre ſon fiel par de lâches détours.

LOUIS, de ſes Sujets le Monarque & le Père,
Veut laiſſer de ſon cœur l'image la plus chère.
Dociles à ſa voix, ſes Auguſtes Enfans
Apprennent à connoître, à chérir les talens ;
A ſuivre les vertus, honorer le mérite,
A remplir tous les vœux, qu'un tendre amour excite.
Que des faits de mon Roi, que d'un regne auſſi beau
Un ſublime crayon deſſine le tableau ;
Que le pinceau riant de la Typographie
Préſente au monde entier ſes vertus & ſa vie.

FIN.

Lû & approuvé, ce 14 Décembre 1764,

Signé, MARIN.

Vû l'Approbation, permis d'imprimer, ce 17 Décembre 1764.

Signé, DE SARTINE.

www.ingramcontent.com/pod-product-compliance
Ingram Content Group UK Ltd.
Pitfield, Milton Keynes, MK11 3LW, UK
UKHW020954220726
13924UKWH00002B/687

9 782019 908638